Marilita Gnecco
de Camargo Braga

Cartas para você não ler

mórula
EDITORIAL

REVISÃO
Marilia Pereira

ILUSTRAÇÕES E COLAGENS
Marilita Gnecco de Camargo Braga

CIP-BRASIL. CATALOGAÇÃO NA PUBLICAÇÃO
SINDICATO NACIONAL DOS EDITORES DE LIVROS, RJ
Elaborado por Meri Gleice Rodrigues — CRB 7/6439

B794c

Braga, Marilita Gnecco de Camargo
Cartas para você não ler / [texto e ilustração] Marilita Gnecco de Camargo Braga. – 1. ed. – Rio de Janeiro: Mórula, 2024.
108 p. ; 19 cm.

ISBN 978-65-6128-062-4

1. Romance brasileiro. I. Título.

24-94737 CDD: 869.3
CDU: 82-31(81)

Rua Teotônio Regadas 26 sala 103
20021_360 _ Lapa _ Rio de Janeiro _ RJ
www.morula.com.br _ contato@morula.com.br
morulaeditorial morula_editorial

Prefácio

Esta não é apenas uma história de amor. É uma história sobre o tempo, sobre os sonhos, sobre os caminhos sinuosos pelos quais a vida nos leva. É uma história sobre felicidade e dor, sobre passado e presente, sobre desejo e frustração, sobre música e silêncio, sobre expectativas e conformidade, sobre dia e noite, sobre sol e chuva, sobre harmonia e confusão. Sobre o amadurecimento do amor. Sim, esta é muito mais do que uma história de amor: é uma história sobre o amor. Aquele amor que, feito artista genioso e imprevisível, tinge a seu bel prazer os anos de duas vidas em cartelas de cores diversas.

Ao surfar pelas ondas destas páginas, que oscilam qual as marés e nos transportam em turbulentas correntezas e mansas maresias, por mares muitas vezes por nós dantes navegados, nos deparamos com a infame questão: afinal, o que é o amor? Provavelmente, mais difícil que desvendar os mistérios dos astros, é respondê-la. Incontáveis artistas e apaixonados de toda sorte se debateram, ao longo da história, diante dessa mesma pergunta. De Drummond a Lennon, de Neruda a Chico Buarque, de Camões a Rita Lee, de Vinícius a Doisneau, de Coralina a Bethânia, de Fellini a Rodin, de Elis a Milton, de Klimt a Djavan, de Van Gogh a Chico César, muitos foram aqueles que cantaram, musicaram, pintaram, poetizaram, fotografaram, esculpiram e escreveram sobre o amor.

Encanto e desencanto, felicidade e tristeza, calmaria e tempestade. O amor é ambiguidade e dicotomia. É começo e fim, tudo ao mesmo tempo. Como no desfecho do conto que leva exatamente este nome – “Amor”, de Clarice Lispector, em “Laços de Família”: “E, se atravessara o amor e o seu inferno, penteava-se agora diante do espelho, por um instante sem nenhum mundo no coração. Antes de se deitar, como se apagasse uma vela, soprou a pequena flama do dia”.

Assim é o amor: dor e alegria em pé de igualdade. O amor é, antes de tudo, uma jornada. Uma longa, deliciosa e conturbada jornada. Shakespeare já afirmava em “Sonho de uma noite de verão”: “o curso do amor verdadeiro nunca fluiu suavemente”. Há quem deseje um amor tranquilo, há quem deseje fogo e paixão, mas a maioria busca mesmo o amor verdadeiro. E assim, voltamos à antiga questão, replicada por Danilo Caymmi e Dudu Falcão e entoada na melodiosa voz de Selma Reis: mas afinal, “o que é o amor? Onde vai dar? Luar perdido em mim. Por que me deixa assim? Uma canção cheirando a mar que bate forte em mim”.

Não sei responder a esta pergunta. Mas sei que o amor existe. Que é multifacetado e pode ser tão delicado quanto hostil. Cada um vivenciará o amor de uma ou de múltiplas formas. Prefiro acreditar que amar vale a pena, apesar dos pesares, e que o amor pode acontecer a qualquer momento e que pode estar em qualquer lugar. Por exemplo, o amor pode estar contido num abraço, no meio do deserto do Saara, diante da areia, das Pirâmides de Gizé, de alguns árabes entediados e de dois camelos. Entre todos esses, quem melhor entende aquele amor é a areia. E, também, é quem melhor o define. Fluído, silencioso, persistente, hora quente, hora morno, hora frio. Guardiã de segredos, de risos e choros, testemunha de milhares de pegadas na jornada da vida, apagadas pelos ventos dos tempos. Constante, sólido, ainda que infinitamente fragmentado, porém imenso, espalhando-se por distantes quilômetros e por longos tempos, parecendo ser, como em uma miragem, infinito aos olhos e infinito ao coração. Pois então, que seja eterno enquanto dure!

CRISTINA SIQUEIRA

Escritora e crítica literária, Bacharel em Letras e Mestre em Linguística Aplicada pela UFRJ, amante de todas as expressões artísticas, em especial da literatura e, definitivamente, uma romântica inveterada.

AGRADECIMENTOS
MUITO ESPECIAIS

Cristina Siqueira
Marcio Miranda Ferreira
Ricardo Soares Paniago
Valter Lano

As cartas...

13 01 de janeiro de 1974
17 03 de março de 1975
21 30 de dezembro de 1977
25 04 de abril de 1978
31 13 de dezembro de 1983
35 11 de junho de 1984
39 10 de junho de 1985
47 14 de junho de 1986
51 25 de agosto de 1988
57 06 de abril de 1990
63 13 de janeiro de 1993
67 04 de março de 1998
71 08 de maio de 1998
75 19 de dezembro de 1999
79 03 de março de 2000
81 09 de dezembro de 2021
85 17 de agosto de 2022
89 28 de maio de 2023
93 18 de setembro de 2023
99 04 de fevereiro de 2024
103 22 de março de 2024

107 EPÍLOGO

Well, if I had to do it all over again,
Babe, I´d do it all over you.
And if I had to wait for ten thousand years,
Babe I´d even do that too.

Bom, se eu tivesse que fazer tudo novamente,
"Baby", faria tudo por você.
E se eu tivesse que esperar dez mil anos,
"Baby" eu faria isso também.

BOB DYLAN
Lyrics 1962-1985
Jonathan Cape Ltd
1987, London

Quem semeia vento
Diz a razão
Colhe sempre tempestade.

TOM JOBIM E **VINÍCIUS DE MORAES**
Insensatez

01 de janeiro de 1974

Me deparei com um monte de fotos que retratam os últimos momentos daquele tempo no qual nos víamos diariamente. De agora em diante, você será uma linda e alegre imagem, no papel e na minha mente.

Eu poderia dizer "foi agora há pouco" aquele momento em que ainda estávamos juntos, mas a realidade diz "já passou". Terá sido há um mês? Acho que sim, mas passou, já foi, já era. Aqueles segundos, minutos, horas não existirão mais. Somos imagens do que fomos ou do que poderíamos ter sido.

Sinto saudades do que fomos, mas também do que não fomos. Existem saudades do que não vivemos? Quais serão as piores, daquilo usufruído ou daquilo jamais experimentado? Essas, do segundo tipo, são as que mais me incomodam, porque elas não geram lembranças, apenas inexistências e carências. Queria ter podido viver você, seu corpo, sua boca, sua barba, seus cabelos fartos. Queria ter tido esse seu sorriso brincalhão e sensual voltado apenas para mim, por alguns momentos.

Vou esquecer você por muito tempo. É necessário! Não posso continuar hipnotizada. Claro que não sei por quanto tempo, pois não tenho vocação para astróloga ou cartomante. Mas, um dia, farei de tudo para poder perguntar a você, porque não coexistimos, como uno, sozinhos, ausentes do resto do mundo, nem que fosse por poucas horas. Enquanto isso, Billie Holiday canta para mim *In My Solitude*, composta por Eddie Heywood, como se fosse uma advertência que eu não deveria, de forma alguma, desprezar:

In my solitude you haunt me
With reveries of days gone by
In my solitude you taunt me
With memories that never die.

Na minha solidão você me assombra
Com devaneios de dias passados
Na minha solidão você me insulta
Com memórias que nunca morrem.

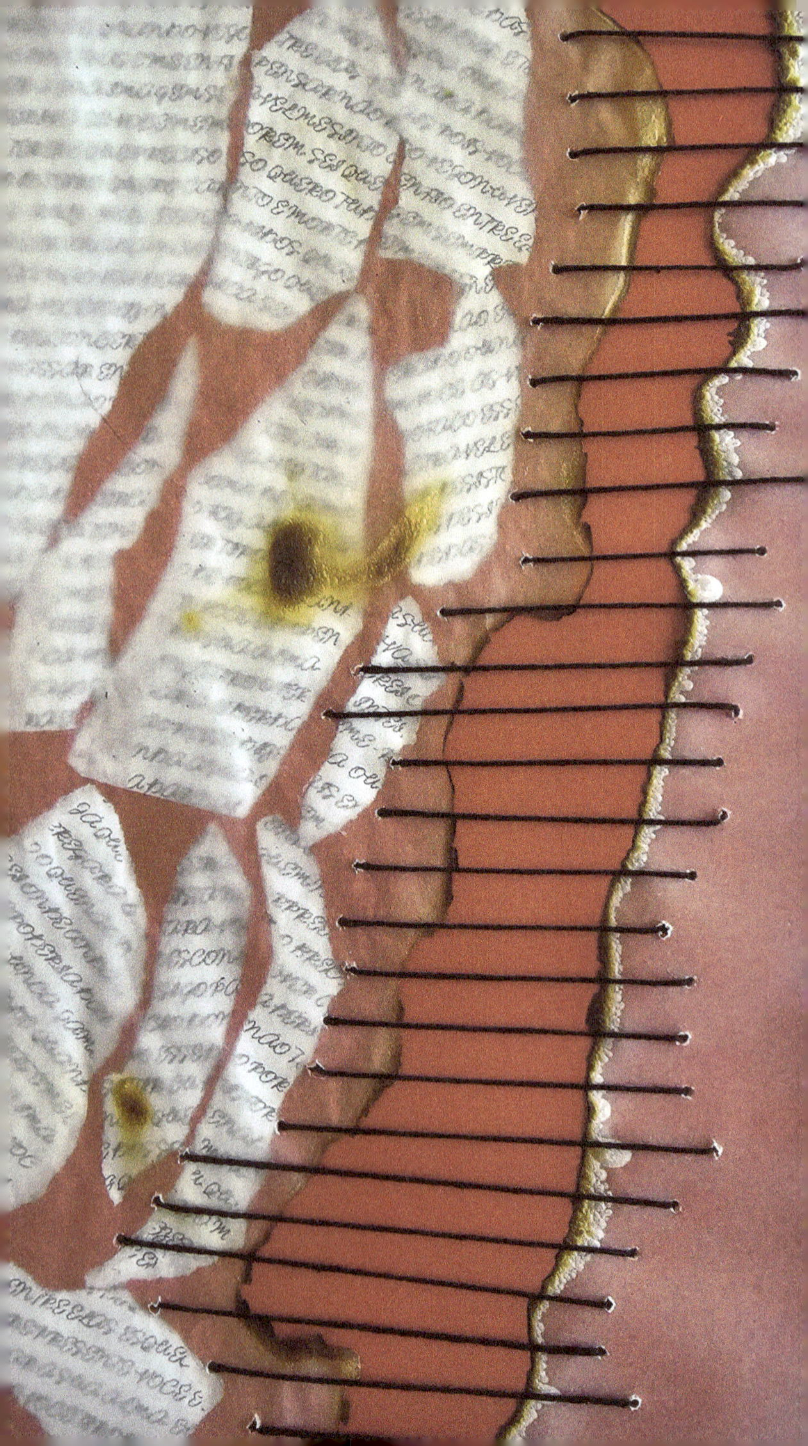

03 de março de 1975

Há pouca lembrança de que você existe! Surpreendente! Convive-se com alguém horas a fio, dia após dia, durante anos e, de repente, *puff*! Tudo vira poeira no ar. Até a memória se apaga.

Você não faz mais parte da minha vida. Certamente, neste momento, você nem lembra de que já estive na sua, de alguma forma. Também virei pó. Tomamos caminhos muito distintos. Nem moramos mais na mesma cidade.

Adoro um poema de Antonio Machado, um poeta andaluz nascido no Século XIX e que foi morrer na França aos 63 anos. Ele nos deixou uma preciosidade poética, dois versos que fazem parte de *Proverbios y Cantares XXIX* e que se tornaram famosos. O início diz:

Caminante, son tus huellas
el camino y nada más;
Caminante, no hay camino,
se hace camino al andar.

Caminhante, são tuas pegadas
o caminho e nada mais;
Caminhante, não há caminho,
Faz-se caminho ao andar.

Entendi quem iríamos ser ao ler esse verso. Seu destino, ou melhor, seu caminho estava definido e o meu foi se construindo com o meu caminhar. Incerto, inseguro, inimaginável!

Penso que sempre fomos muito diferentes. Será? Acho que finalmente, num momento vindouro (não neste no qual escrevo esta carta, mas em algum instante do futuro), seremos mais semelhantes do que jamais fomos. Será?

sempre no mesmo ponto no vazio
Então cada manhã um novo silêncio
que disse que o esquecimento é uma morte
não consigo evitar, já lamento
Não desaparece!
Faz mal, é tanto que não posso
pensando como poderia ter sido
quero muito, não quero nada
chegou ou chegará? E aí quero saber se você vem comigo
na busca, fico dando voltas e giros, não saio do lugar.
um silêncio que fala por você? Acho que foi Alice Ruiz que disse que o esquecimento é uma morte

30 de dezembro de 1977

Mais de dois anos sem escrever para você. Você não tem a menor ideia de tudo o que me aconteceu nesse tempo, sobretudo neste ano que vai terminar amanhã. Queria dizer que estou viva! Muito viva! Boa notícia, não é??? Tentaram mudar meu caminho, conseguiram apenas em parte. Mas, na essência, não.

São muitas as ausências com as quais tenho que conviver, algumas de tal importância que são quase como o ar que pode ser escasso para respirar. Porém, minha característica fundamental se fez presente: consegui refazer a vida, justamente aquela que tentaram aniquilar! Tenho mais pessoas à minha volta, mais projetos aos quais me dedicar, vivo intensamente, com muito pouco tempo para dormir, muito trabalho a fazer e muitas pessoas a amar.

As amizades se ampliaram e se intensificaram. É tanta gente me rodeando, tantas vidas diferentes se desvendando, tanto amor, manifesto ou não, que até esqueci de lhe escrever... ou de pensar em você. Muita gente do passado ficou para trás, exceto aqueles que me socorreram quando precisei. Outros, ao contrário, mostraram sua verdadeira

— e desprezível — essência. Você ficou para trás também, mas apenas porque não estava presente, só isso... É o período no qual tudo entre nós foi diferente, distante, impalpável. Nos tornamos invisíveis, um para o outro. É isso! Acho que encontrei uma boa descrição.

Pode ser que um dia você compreenda exatamente o que estou escrevendo e sentindo. Só entende verdadeiramente quem tem que lidar com aquilo que jamais imaginou que teria que encarar, quem finalmente sabe o que significa desordenar e desorganizar uma existência. Pois é... "faz-se caminho ao andar" ... novos passos a aprender. Se você tiver que viver uma desordem semelhante, estarei contigo. Já tenho experiência!

Molto vivace. ♩. = 76-80.
brillante
tr
f
Ped.
Ped.
Ped.
Ped.
Ped.
Ped.
Ped.
tr
Ped.

04 de abril de 1978

Sinto muito! A notícia pode não ser boa para você, mas é uma inovação para mim. Vou ter que falar sem rodeios: eu me apaixonei. Foi assim, inesperado, foi crescendo e nem se sabe mais quando tudo começou. Consigo identificar momentos nos quais pressenti que algo diferente estava acontecendo comigo, algo como uma abundância de situações e de emoções que não consegue ser freada. Aí, um dia, ou melhor, uma noite, com muita música ao redor, os freios desapareceram. "*Voilá*!". Aconteceu!

Gostar de música é ao mesmo tempo um deleite e um risco! Você ouve algo que se aloja nas suas entranhas e, instantaneamente, aquela ocasião transforma todos os seus momentos imediatos e os seguintes. Tem música para todo tipo de situação. Tem aquela da alegria, a outra da risada irresistível e ainda aquela que converte qualquer momento em felicidade. Há a música que nos embala, nos faz ter vontade de fechar os olhos, balançar o corpo num vai-e-vem aconchegante, quando você pode até mesmo cochilar sem pressentir. Algumas composições merecem ser ouvidas quando se está sozinho, as pálpebras cerradas, sorvendo aos poucos alguns goles da sua bebida preferida, letra e música invadindo seus poros e seu coração. Quiçá alguma furtiva lágrima surgirá ou inúmeras, incontidas. As toadas arrebatadoras podem levar multidões ao levante, à insurgência. Com essas, mesmo que você não esteja vivendo o momento específico, você sente, como num filme, que queria estar ali com aquela turba energética, desassossegada e contestadora, revolucionando corações e mentes.

A música que lhe faz dançar é uma aventura sem fim: você se movimenta ao balanço das notas sozinho ou acompanhado. Ambas as situações levam a um grande prazer. É claro que corpos que se movem juntos podem, potencialmente, levar a transes muito mais interessantes do que o corpo solitário acompanhando uma melodia. É justamente essa a situação na qual o perigo da cadência ouvida e sentida a dois pode se fazer presente. É a vontade do abraço, da união de rostos e finalmente de bocas que torna uma canção inesquecível. Todos têm uma música assim, ou mais de uma, dependendo de quantos parceiros íntimos de ouvido e de corpo tiveram.

Pois é, foi assim que uma delas, que já nem sei mais qual foi, me levou a uma paixão que conto agora para você. O final da melodia coincidiu com o início de alguns poucos anos de "abraços e beijinhos e carinhos sem ter fim" como na composição de Tom Jobim — Chega de saudade. Incrivelmente irônico que a saudade de você tenha me conduzido a outra atração irresistível e desenfreada.

Tenho outra confissão a fazer. Envolve a música e a mesma pessoa. Fomos passar um fim de semana em meio à natureza. Você deve saber como os ambientes bucólicos mexem com aqueles que vivem intensamente o ambiente urbano. Você viaja por horas, chega lá, no meio do "nada", cercado de vegetação esplendorosa, de sons de água e de pássaros, rodeado de vida simples e radiosa e, como por encanto, tudo dentro de você parece se transformar.

Deslumbramento e inspiração! Assim, numa dessas noites, acordo ao som do violão. Era ele, sentado à beira da cama, dedilhando e cantando em voz suave, na madrugada, uma das composições de Chico — aquele, o Buarque — que me deixa sem fala, Folhetim:

Se acaso me quiseres
Sou dessas mulheres
Que só dizem sim.

Acho que será minha derradeira e inesquecível serenata. Momento perfeito, pessoa encantadora, paixão a mil. Eu teria dito "sim" a você, mas você, se me quis, não me perguntou se eu gostaria de "te fazer vaidoso"! Será que Chico chegaria lá no fundo da sua alma como ele continua alcançando a minha, sempre? Mais uma coisa que não sei sobre você...

Pronto! Você agora sabe que tentei não o manter presente, na minha existência, em diversos momentos e de diferentes formas. Tentei que você fosse "página virada, descartada do meu folhetim". Mas, o tempo passa e você volta... Estou aqui escrevendo sobre um novo amor e essa velha paixão parece ressuscitar!

10
responde

13 de dezembro de 1983

Este é um dia nostálgico? Não sei. A pergunta verdadeira deveria ser, nostálgico para mim ou para você? Completamos 10 anos sem nos vermos. Pior, sem sequer nos falarmos. Não sei por onde você anda, quais caminhos você trilhou. Se cruzasse com você em algum lugar, certamente o reconheceria. Você, sem dúvida alguma, não é dessas pessoas que não se fazem notar onde quer que estejam. Talvez só passássemos um ao lado do outro, sem olhares, sem gestos, sem falas. Mesmo assim, eu sentiria a sua presença e notaria que era você.

Se tivesse uma centena de pessoas ao nosso redor, eu saberia qual delas é você. Seu porte e sua beleza eram únicos quando nos conhecemos. Você vai me perdoar, com certeza, mas tenho que confessar que sua charmosa arrogância e altivez também eram singulares. Você vai relevar a minha indiscrição porque vou também admitir que essas suas características sempre me atraíram. Afinal, inclinação e interesse por outro é algo que às vezes é difícil de explicar e de aceitar no plano racional, justamente porque as simpatias e os entusiasmos podem fazer parte do terreno da fantasia. E essa, é inexplicável.

Mas, como eu dizia, há uma melancolia no ar. Fico imaginando onde você estará e com quem celebrará datas que são importantes na vida. Não estarei ao seu lado e nem mesmo sei se notará a minha falta ou simplesmente a ausência física. Preferiria que sentisse o vazio causado pelo absentismo e não pelo espaço não ocupado por um corpo.

Gosto de tempo nublado... como uma pessoa alegre pode gostar do seu oposto? Talvez existam nuvens no meu cérebro, deixei-as entrar junto com você. Sim, quando vejo nuvens de qualquer tipo, penso logo em você. Às vezes consigo passar por elas, entre elas, noto as brechas e me esgueiro por elas, consigo me evadir. Assim esqueço de você quando faço esse exercício do não-pensar e, durante algum tempo, não revejo a sua imagem sempre presente.

Quero que este dia passe logo. Amanhã, as preocupações serão outras, será o primeiro dia de uma nova década. A vida voltará ao normal, rapidamente para você, aos poucos para mim, mesmo que haja alguma ressaca.

ter impulsos.
nada algo que me desconcerte. Assim, o silênc
ão há o que contar. Quando eu decidi, você se f
s sonhar e retornar sempre ao mesmo ponto, a
chegará? E aí, quero saber se você vem co
ros, não saio do lugar...
ue foi Alice Ruiz que disse que o esq
ue não fiz, mas não consigo evitar, já
stindo na mente. Não desapareceu
a você, você não ouve. Faz mal o ta
o disse. Continuo pensando como p
a. Não quero muito, não quero n
rte. Assim, o silêncio não ser
ndo eu decidi, você se foi.
mpre ao mesmo ponto, ao daz
saber se você vem comigo.
e disse que o esquecimen
o evitar, já lemo
sapareceu
mal o ta
como po
ero nada
não seria mais a
foi. Então, cad
o ponto ao da
você do

11 de junho de 1984

Hoje é segunda-feira, dia no qual a maioria das pessoas se sente entorpecida, com pouco vigor devido ao descanso do fim de semana. Talvez eu estivesse assim quando entrei, pela manhã, num órgão público, no centro do Rio de Janeiro, para pegar documentação que deveria levar para o trabalho, sem falta, antes do meio-dia. Ao passar por uma sala de reuniões envidraçada, me assustei um pouco porque achei que havia alguém muito parecido com você, sentado de costas para a parede de vidro que separava a sala do corredor onde eu estava. Após três passos apressados, retrocedi, o suficiente para ter certeza de que era você, gesticulando e falando para as dez ou doze pessoas sentadas ao redor da grande mesa oval.

Parei, incrédula, olhando aquela cena. Assim permaneci por alguns segundos (ou um minuto), tentando apreender a realidade. Poucos metros nos separavam, mas como fazer para você me ver? Continuei estática até que desviei os olhos de você e percebi que as pessoas sentadas de frente para mim, ou seja, quase a metade dos presentes, estavam me encarando, intrigadas. Afinal, era uma desconhecida, assistindo a uma reunião reservada, de fora da sala e sem ouvir do que se tratava. Totalmente desconcertada e inibida, continuei a andar no corredor e me dirigi ao local onde deveria pegar a documentação que me aguardava.

Assim o fiz, mas indaguei que reunião era aquela e a que horas terminaria. Soube, infelizmente, que havia apenas começado e que a previsão era de quatro horas de duração. Eu não poderia esperar seu término, de forma alguma. Perguntei, então, se era possível passar um bilhete a um participante. Quando eu disse o nome, imediatamente fui informada de que era impossível, pois ele era justamente o convidado principal a expor um projeto de interesse coletivo.

Agradeci, saí da sala e retornei pelo mesmo corredor. Antes de chegar ao vidro, parei e olhei de forma dissimulada. Logo tirei o rosto da frente do vidro e fiquei muitos minutos encostada na parede, pensando no que ainda poderia ser feito. Achei que a única possibilidade seria esperar nesse local e torcer para que alguém saísse para ir ao banheiro ou pegar algo importante e necessário. Sei lá! O tempo foi passando e meu prazo para a chegada ao trabalho foi apertando. Ao atingir o meu limite, passei uma última vez olhando-o pelo vidro, ansiando que você sentisse algo e olhasse por sobre seu ombro e me visse.

Porém, nada disso aconteceu. Fui embora deixando você para trás, totalmente sem alternativa de ação que fizesse com que nos olhássemos, no mínimo. Mais de dez anos sem nos encontrar e uma pequena possibilidade terminou assim. Ao menos consegui vê-lo, mesmo que parcialmente. Você trajava um terno azul marinho e eu jamais o havia visto de terno. Achei elegante e você continuava atraente e encantador com aquele cavanhaque que sempre usou.

Fui embora triste, sentindo o peso de uma segunda-feira que parecia o mau início de uma semana melancólica. Quanto tempo a gente precisa para o coração se aquietar após um quase-encontro comovedor, porém, totalmente fracassado? Para mim, pareceu que seria uma eternidade. Você tinha voltado a ser uma pessoa por inteiro, não apenas uma imagem impressa num papel ou na minha mente. Você existia, em todas as possíveis dimensões.

10 de junho de 1985

Amanhã completa um ano daquela possibilidade de falar com você e que não se concretizou. Fico sempre com a sensação de que o que seria possível, se tornou impossível e mais uma vez virou fumaça no ar. Porém, hoje, tudo mudou: o inverossímil ocorreu!

Poucos meses atrás, meu caminho imprevisível me levou a iniciar um doutorado na Inglaterra, mais precisamente na Universidade de Londres. Antes de deixar o Brasil, no entanto, eu havia escrito um artigo científico e havia submetido a um congresso.

Quando soube que o artigo havia sido aceito, já morava em Londres. Da Inglaterra ao Egito, sede do congresso, foi um deslocamento fácil. Assim, cheguei ontem ao Cairo, me antecipando à abertura do congresso que ocorrerá na noite de hoje.

Qual é a primeira coisa que alguém que aqui chega quer fazer? Conhecer a Esfinge e as Pirâmides de Gizé! Justamente, esse era meu sonho desde que estudei, no primário, a história egípcia e sua importância para o mundo ocidental.

Sozinha e munida da minha inseparável câmera fotográfica, fui primeiro conhecer a Esfinge. De lá, rumei a pé, até as pirâmides. Àquela hora, já estavam fechadas à visitação. Então, resolvi caminhar em direção ao deserto e fazer fotos das pirâmides à luz do pôr do sol. Você não sabe, claro, mas quando mergulho no universo da fotografia, perco a noção do tempo e do que se passa ao meu redor.

Momentos depois, ao me virar para fazer mais uma tomada das pirâmides, percebi que havia me afastado demasiado. O sol já havia se posto e dentro em pouco anoiteceria. Resolvi retornar o mais rápido possível. Rápido? Passo acelerado na areia do deserto? Não é tão fácil assim. A ida tinha sido prazerosa, lenta, mas a volta tinha se tornado penosa e preocupante... uma mulher sozinha no deserto...

Em breve, avistei dois camelos vindo em minha direção. A apreensão aumentou, mas o meu passo não, impossível! Os dois camelos se aproximando, percebi que um levava um árabe com *ghutra* branca ou bege na cabeça, o lenço tipicamente árabe que os homens portam. O outro homem trajava uma veste vermelha, ainda indefinida para mim. Minha ansiedade continuava quando, de repente, consegui ordenar o pensamento: improvável um árabe se vestir de vermelho para passear no deserto!

Porém, nada deveria alterar meu caminho e minhas passadas: o encontro parecia inevitável. Foi quando, a uma distância menor, percebi o cabelo negro do homem de vermelho e seu cavanhaque. Estanquei e não consegui me mover por vários segundos, tentando processar toda aquela informação visual. Ainda imóvel, consegui gritar por três vezes seu nome, aumentando o volume a cada grito. No terceiro, o camelo do homem de vermelho parou. Achei que meu coração também o faria, mas continuei respirando e o sangue circulando. Talvez uma taquicardia estivesse acontecendo, mas eu provavelmente não iria desfalecer no deserto.

Assim, os dois camelos foram se aproximando de mim. Eu continuava indo em sua direção a passos de tartaruga, exaurida. Sim, inacreditavelmente, era você com um *sweater* vermelho, e prontamente fez o camelo se inclinar para a frente e "sentar" para que você pudesse descer. Interessante a sua destreza no movimento de corpo para compensar a inclinação do animal e não "voar" por cima dele. Certamente, seu guia o havia instruído a respeito: brasileiro algum nasce sabendo disso!

Jamais esquecerei nosso abraço de hoje, no meio do deserto, tendo como espectadores um árabe desconhecido, a areia e as Pirâmides de Gizé, além de dois camelos. Quando se trata da proximidade entre nós, jamais sei quem fica mais emocionado, você ou eu. Eu certamente senti que poderia morrer aos poucos, mas feliz. Uma tríade: a Esfinge, as pirâmides (consideradas como uma entidade única) e você. O mundo acho que parou por alguns segundos, até o abraço ser desfeito e retornarmos à realidade: eu certamente precisava de um camelo para voltar ao mundo real.

A solução mais óbvia sempre deve ser a escolhida: você iria de carona com o guia e eu ficaria com o seu camelo. Algumas breves instruções foram fornecidas para que o camelo se erguesse e andasse sem me derrubar. Esse improvável grupamento se dirigiu até o ponto de reunião dos guias e seus animais. Apeamos, sem que antes eu torcesse o tornozelo, pois o meu camelo fez o que é bastante normal: um faz de conta de docilidade na descida para, em seguida, levantar abruptamente quase me jogando ao chão. Não conseguiu me derrubar, mas caí literalmente do camelo, com um pé torcido no chão. Algo aparentemente normal e sem maiores consequências.

Graças à banda Titãs, não vou incorrer no erro de chamar esses mamíferos ruminantes de dromedários. Na canção "O Camelo e o Dromedário", de autoria de quatro dos seus integrantes — Fromer, Reis, Miklos e Bellotto — eles divagam sobre as diferenças entre esses animais e suas corcovas de forma esclarecedora:

Qual diferença haverá entre o dromedário
e o camelo?
E entre o camelo e o dromedário?

Postos frente a frente causam
a mesma impressão
Mas quando postos de lado
faz-se logo a correção
O camelo difere do dromedário que só tem
uma corcova
O dromedário já difere do camelo por ter
lá suas duas corcovas.

Ficamos ali, ao redor daqueles egípcios e seus camelídeos, conversando as típicas amenidades após um encontro inacreditável: o que você está fazendo aqui, porque estava sozinha no deserto, até quando estará no Cairo, quem está acompanhando você etc. Foi aí que chegamos à parte trágica: você estava acompanhado da mulher com a qual se casou. Iria fazer um *tour* no rio Nilo, à noite, incluindo um jantar. A pior parte, talvez, mas inevitável dadas as circunstâncias: me convidou para o passeio-jantar. Por sorte, tive uma daquelas reações inesperadas, mas rápidas, e disse que aquela era justamente a noite do coquetel de abertura do congresso, à qual eu não poderia faltar. Trocamos endereços e telefones, nada mais.

Escusas formais, totalmente aceitáveis e sem possibilidade de alternativas: amanhã você partirá do Cairo e da minha vida nesse momento, deixando para trás uma passagem inesquecível, porém, mais um vazio. Não foi desta vez que uma aproximação pode acontecer e o quê mais ela pudesse trazer consigo. Talvez, tenha sido melhor assim... talvez.

Lembrei de uma fotografia que tenho e na qual estamos juntos. Era uma festa e muita cerveja rolava. Eu estou de frente para a câmera e você ao meu lado, olhando para mim. Na sua cabeça, uma camisa e um cinto simulavam uma *ghutra* branca. Às vezes, a vida imita a vida, só que de forma distorcida: ali, você era o árabe.

14 de junho de 1986

O telefone fixo da casa que eu alugo em Londres tocou. Ouvi sua voz e a reconheci imediatamente. Um ano e quatro dias após nosso fortuito e inacreditável encontro no deserto, você telefona para dizer que está em Londres a trabalho e quer me encontrar. Eu sempre tenho reações rápidas, mas aqueles segundos pareceram com o apocalipse que vemos em filmes, quando o iminente fim do universo se mostra irreversível. A nossa mente tem que processar tudo muito rapidamente e temos que reagir com coerência.

Em um segundo, torço para o apocalipse de fato acontecer antes da minha resposta, a casa ruir, a comunicação telefônica ser destruída e tudo ser engolfado num buraco sem fim, daqueles que a gente costuma dizer, em tom de brincadeira, que chegam até a China. O motivo é simples: meu companheiro atual e que vive no Brasil, coincidentemente veio passar as férias em Londres e está aqui, nesta casa, no quarto ao lado de onde agora falo com você ao telefone.

A primeira pergunta que fiz, ao telefone, diz respeito à duração da sua estadia na cidade. Mas, nada ajuda: você partirá em dois dias. Ou seja, não existe a mínima possibilidade de eu adiar a informação fundamental: não estou sozinha. Obviamente, será ótimo nos encontrarmos em um *pub* inglês e tomarmos alguns drinks. Será adorável, estaremos a três!

Ao desligar o telefone, permaneço sem ação. Os pés não se levantam do chão, o corpo não se mexe, não quero falar e não quero pensar. O apocalipse não veio, acho que o mundo não ruirá até o final do dia quando nos encontraremos no *pub* perto de casa, *The Crabtree Tavern*. Mais um lugar agradável que se tornará inesquecível e que terá para sempre a sua marca, aquela dos encontros e desencontros.

Na hora marcada, caía uma chuva fina sobre Londres, nada diferente do normal, mas que impossibilitaria que nos sentássemos ao ar livre, olhando para o Rio Tâmisa. Nós — o casal — chegamos ao recinto e escolhemos uma pequena mesa redonda junto à janela que dava para o rio. Isso pouco importaria, pois o pôr do sol logo nos impossibilitaria de contemplar o cenário. Fui ao balcão pegar nossos drinks. Escolhi um destilado, algo mais forte como a ocasião demandava. Pouco tempo após retornar à mesa com os copos, você entrou no *pub*.

Não parecia que tivesse mudado fisicamente. Viajei no tempo e retornei décadas atrás. Seu sorriso permanecia marcante, seu cavanhaque intocado, seu cabelo farto e ondulado ainda era preto, sem qualquer fio branco. A conversa foi simpática, aprendi o que o trazia àquele país, contei como meu doutorado se desenvolvia, o quanto eu ainda deveria permanecer estudando antes da conclusão. Falamos muito sobre o imenso amor que eu sentia por aquela cidade, por aquela nova vida, pelas opções que se abriam à minha frente. Londres e eu tivemos um caso de amor que — acho — jamais se encerrou.

Algum tempo depois, você partiu num daqueles típicos táxis pretos londrinos e nós — o casal — voltamos caminhando para casa. Não pude deixar de me perguntar por que essa incompatibilidade nos tempos e momentos das nossas vidas. Vou para a cama, cansada deste dia. Quero adormecer...

25 de agosto de 1988

Esta noite sonhei com você. A primeira vez na vida! Não faço ideia do que provocou isso. Passei um dia normal na Universidade. Normal quer dizer enfadonho, aqueles dias em que a tese não "caminha", você não enxerga como progredir, o orientador não está disponível para uma conversa, nada evolui. Você lê, escreve, pensa, encaminha ideias, volta atrás, rabisca, repensa. E questiona... como sair deste labirinto?

Então é isso! Os ingleses adoram um jardim com labirinto. Existem inúmeros e famosos. Estou perdida num deles e sozinha. Sei quem pode me guiar, mas ele está tão longe, inacessível, praticamente do outro lado do mundo. A ele devo muito do caminho que percorri. Se ele estivesse aqui, agora, eu não estaria tão perdida no meio deste verde que me cerca e deste céu cinzento.

Lembrei de Ícaro, preso num labirinto do qual tenta fugir com suas asas que derreterão ao calor do sol. Não quero ser Ícaro e nem posso. Nem sei o motivo, mas o filme "Teorema", de Pier Paolo Pasolini, me veio à mente. Será que tem um labirinto nele? Não sei, mas sem dúvida, o personagem principal traz consigo uma total desorganização do ambiente no qual se envolve. Assim como eu, agora, desorganizada neste trabalho.

Então, esse foi o dia, mas a noite foi esplendorosa... com você! Não sei explicar, mas havíamos marcado um encontro num *pub*. Não aquele que eu quero esquecer, outro, mais longe da minha casa. Voltei da universidade, tomei banho, me fiz bonita para vê-lo. Ao sair de casa, caiu um temporal absurdo. Morando na Inglaterra, é lógico que eu tinha um guarda-chuva. Mas, a intensidade do dilúvio era tal que ele não conseguiu me proteger, talvez apenas o cabelo.

Trânsito intenso, nada de ônibus, o tempo passando rápido, achei melhor ir caminhando, apesar da distância. Não sei o motivo, mas estava preocupadíssima com o tempo e com o fato de que você poderia não me esperar se eu não surgisse na hora marcada, ou pouquíssimo tempo depois. Em desespero, me pus a correr nos últimos 300 metros que me separavam do *pub* e de você. Quando entrei no salão, encharcada de chuva e sem fôlego, nada restava da mulher atraente que eu havia produzido para encontrá-lo.

Parada no meio do salão, eu o vi numa mesa ao fundo, longe do balcão do bar. Instantaneamente, você levantou os olhos, me olhou e alargou esse seu sorriso lindo. Sentei-me à sua frente, após trocarmos um longo abraço e um beijo nas faces.

Por sobre a mesa de madeira, nos demos as mãos por alguns segundos, antes que você fosse buscar uma bebida destilada para me aquecer.

Ficamos mais de hora conversando, parecia que nem nos conhecíamos, como se fosse o nosso primeiro encontro em toda a nossa existência. Pasme, você era pintor. E antes que eu pudesse vergonhosamente perguntar a qual estilo de pintura artística se dedicava, você acrescentou... “de parede”. Boquiaberta, sorri logo em seguida!

Finalmente, você disse o que eu havia esperado por incontáveis anos: “vamos embora para casa?”. Saímos, a chuva havia desaparecido, a noite estava linda. Abraçados, seguimos caminhando em direção ao que seria a sua casa. Sonhos são assim, você vem morar em Londres numa fração de segundos, sem explicação.

De repente, você parou perto de uma ponte. Me virei para você, mas estava totalmente concentrado olhando uma magnífica lua cheia que se mostrava sobre a ponte e sobre nós. Num impulso, voltamos um para o outro, e nos beijamos, finalmente, o primeiro, porém mais longo beijo que alguém pode dar. Quando a vida ressurgiu, seguimos caminhando, abraçados, rumo à sua casa. Ao som de “*Soldier of Fortune*”, da banda Deep Purple, no aparelho de som do seu quarto, finalmente tivemos uma noite inteiramente nossa, enlaçados até o amanhecer:

I have often told you stories about the way
I lived the life of a drifter
Waiting for the day
When I'd take your hand and sing you songs
Then maybe you would say
"Come lay with me and love me"
And I would surely stay.

Muitas vezes eu lhe contei histórias sobre como
Eu vivi a vida de um andarilho
Esperando pelo dia
Em que eu pegaria a sua mão e lhe cantaria canções
E talvez você me dissesse
Venha se deitar comigo e me amar
E eu, com certeza, ficaria.

Afinal, existem sonhos que são muito bons!

Sete Lagoas
Cachoeira da Prata
Inhaúma
Fortuna de Minas
Pedro Leopoldo
São José da Varginha
Esmeraldas
Matozinho
Leandro Ferreira
Conceição do Pará
Brumadinho
Rio Manso
Bonfim
Divinópolis
Marilândia
Cláudio
Carmópolis de Minas
Desterro de Entre Rios
São Francisco de Paula
Santo Antônio do Amparo
Santana do Jacaré
Perdões
Santana dos Montes
Cristiano Otoni
Rio Espera
Capela Nova
Alto Rio Doce
Tiradentes
Barroso
Barbacena
Dores de Campos
Rio Grande
Sta. Rita do Ibitipoca
Três Corações
São Tomé das Letras
Conceição do Rio Verde
Olímpio
Noronha
Caxambu
Soledade
Baependi
Itajubá
Delfim Moreira
Virgínia
Santa Isabel do Rio Preto
Zelinda
Conservatória
N. Senhora
Quatis do Amparo
Barra do Piraí
RIO
Volta Redonda
Silveiras
São José do Barreiro

06 de abril de 1990

Se você lesse minhas cartas, talvez achasse que esta é uma boa notícia: retornei ao Brasil! Boa notícia para quem? Por um lado, não sei onde você está, com quem está ou, como diria o tal Chico Buarque, na sua canção "Desencontro":

Se ainda tem saudades
E sofre como eu
Ou tudo já passou
Já tem um novo amor
Já me esqueceu.

Às vezes fico pensando se Chico me conhece... Desencontro é tão apropriada ao nosso caso! Ou serei egocentrada? Imagino que milhares de pessoas devem se identificar com a letra dessa música. O fato é que não sei se passei sequer perto de poder ser um amor. Acho que o equívoco é menor ao supor que me esqueceu, que não há espaço para saudades de mim na sua vida. Eu sofro? Talvez um pouquinho, mas nem tanto assim. A vida segue!

Desencontro total é o meu retorno a esta terra, a esta cidade. Fico imaginando que talvez voltar à cidade onde nasci fosse mais apropriado. Ficaria mais perto de você, sem dúvida. Afinal, sempre tive problemas de adaptação ao Rio de Janeiro. Em muitos momentos achei que aqui residiria minha felicidade. Hoje me sinto infeliz neste lugar.

Também me sinto uma traidora porque meu coração queria continuar morando num dos berços do imperialismo. Questiono a minha coerência. Me sinto de fato mais integrada com aqueles que, por meio da Revolução Industrial, ancoraram o capitalismo? Me sinto à vontade morando num país extremamente colonialista? Não enxergo o racismo com os próprios britânicos — sim, são efetivamente britânicos — oriundos das colônias e que foram construir suas vidas no Reino Unido? Já não sei mais onde reside a coerência. Ao mesmo tempo, é o império do *Rock n'Roll*!

No avião que me trouxe de volta aqui, uma canção de The Beatles não saía da minha cabeça. Cantei tantas vezes na vida, pois fazia parte do LP *Abbey Road*, aquele que foi lançado quando eu podia ver você todos os cinco dias úteis da semana. Os outros dois dias eram totalmente inúteis. Na sexta-feira, pensava por qual razão aqueles dois dias seguintes não deixavam de existir? Divaguei... Voltando então ao avião... cantarolei sem parar um verso de "*Golden Slumbers*":

Once there was a way
To get back homeward
Once there was a way
To get back home
Sleep, pretty darling, do not cry
And I will sing a lullaby.

Certa vez havia um caminho
Para voltar para casa
Certa vez havia um caminho
Para voltar para casa
Durma, querida linda, não chore
E eu lhe cantarei uma canção de ninar.

Queria achar esse caminho de volta. Estava empenhada em encontrar uma forma de bem viver por aqui, mesmo que sentisse que seria quase impossível. A canção se repetia na minha mente e, com uma inquietação que se transformava numa angústia inconveniente, eu buscava montar as cenas da minha chegada ao país, à cidade, à minha casa, a uma vida que eu já não mais reconhecia. E como a toada era retomada e ressoava dentro de mim, finalmente adormeci, como se a música fosse de fato um *lullaby*. Foi exatamente dessa forma que pousei no desconhecido, porém mais perto de você!

Assim foi! Quase esqueço de contar que aquele que me acompanhou ao *pub* quando fui revê-lo, está fora da minha vida. Esse sim, como diz o perfeito Chico, "Já tem um novo amor, já me esqueceu".

A vida dá cambalhotas e eu tenho que me manter em pé. Impossível não pensar em você neste momento, romancear como seria a vivência, nesta fase, se houvesse proximidade com você. Uma incógnita! Mas, quero poder ter devaneios, supor, em um "faz de conta", que um idílio fosse possível. Caso contrário, qual carta escreveria a você?

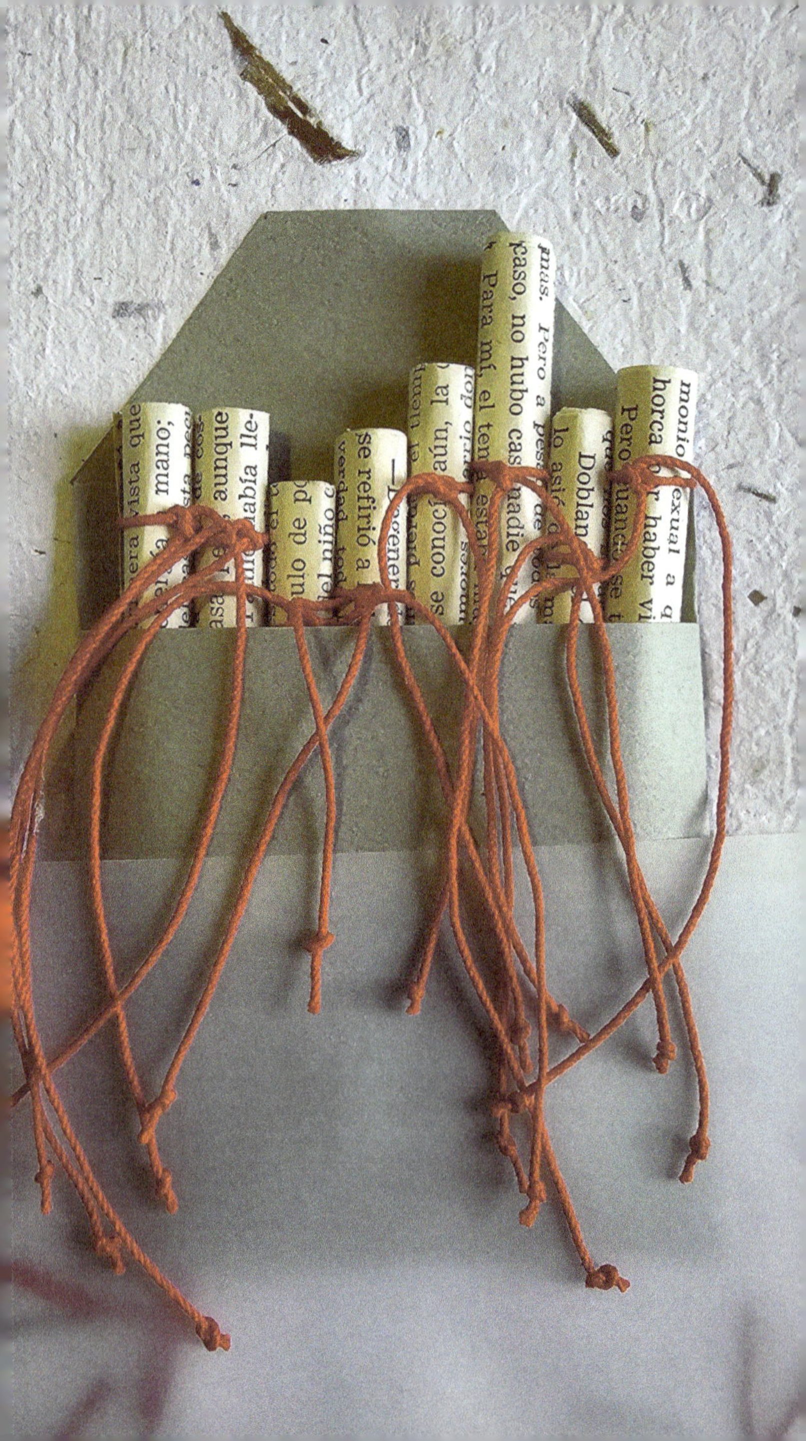

mano;
aunque
había lle-
ulo de p
se refirió a
aún, la
más. Pero a pesa
caso, no hubo cas
Para mí, el tem
Doblan
monio
horca
por haber vi

13 de janeiro de 1993

Gosto de pensar que vou esquecer o inolvidável. Mais precisamente, aquelas três vezes nas quais o vi, pois teria sido melhor não o encontrar. Faço um exercício quando a mente retoma essas recordações. Afinal, você sequer sabe que estivemos tão perto um do outro, na primeira vez. Na segunda vez, apesar da situação inacreditável e do romantismo inerente ao ocorrido, nada restou, a não ser uma bela sequência que poderia ser incluída num possível filme que jamais será rodado. A terceira vez, sem dúvida, foi a pior. Essa quero mesmo deslembrar, com o maior afinco.

Hoje seria o dia no qual eu poderia rever você, sem amarras, já que não há conexão afetiva com qualquer outro homem em minha vida. Curioso, eu jamais me preocupo com os seus possíveis vínculos com outra pessoa que possa se fazer presente na sua existência. Não sei o motivo que me faz não pensar nisso. É como se você sempre fosse aquele jovem não casado, sem laços amorosos que eu conheci há muito tempo atrás e com quem dividi anos de nossas vidas descompromissadas. Você virou um Dorian Gray para mim? Nem mesmo sua foto se transforma! Eu estou achando isso muito estranho! Não posso esquecer de conversar com meu terapeuta a respeito, na próxima sessão, com urgência.

Eu me preparei durante semanas para este dia. Escolhi a roupa, cortei o cabelo, comprei sapatos novos, mas uma coisa me incomodou muito: estou mais gorda do que da última vez em que você me viu. E isso não se resolve numa quinzena de dias: eu precisaria saber que encontraria com você ao menos desde o ano passado. Paciência! Criei coragem, tomei um avião e fui ao jantar no qual você estaria.

Horas se passaram e você não apareceu. Na volta para o hotel, fui cantarolando no táxi a Dança da Solidão do Paulinho da Viola:

Desilusão
Desilusão
Danço eu (...)
Na dança da solidão.

E pensei... "ao menos ele não me viu gorda!".

25
25

04 de março de 1998

Pouco mais de cinco anos desde a última vez em que não nos reunimos. Engraçado, as pessoas costumam dizer "passaram cinco anos desde que nos vimos pela última vez". No nosso caso, é o oposto: os anos são contados em períodos "não vistos", mais do que em intervalos entre encontros. Não ache que seja uma imprecisão ou um descuido da minha parte; lembre-se sempre de que há um deles que apago das minhas lembranças.

O famoso samba enredo de 1982 — "É Hoje" — da Escola de Samba União da Ilha do Governador, composto por Didi e Mestrinho, descreve bem como me sinto:

É hoje o dia da alegria
E a tristeza nem pode pensar em chegar.

Vou vê-lo e você me verá trinta e quatro quilos mais magra. Estou bonita e feliz dentro do meu novo corpo. Eu vesti uma saia curta, uma blusa acinturada com perfeito caimento, sapato de salto alto e meias pretas que comprei numa loja importadora de meias alemãs. Elegantes e finas, deixam a pele perceptível apesar da cor. Cabelo muito bem cortado e maquiagem leve, me olhei no espelho e gostei demais do que vi.

Foi assim, radiante comigo mesma, que entrei no restaurante. Ao todo éramos 31 pessoas celebrando a reunião após 25 anos passados desde que deixamos de nos ver diariamente e cada um seguiu sua vida de forma independente. Não sei em qual momento, no meio desse grupo, nos deparamos, frente a frente. Sei, porém, que o longo e terno abraço, seguido de um beijo foi a forma inicial de apaziguar as saudades. Depois disso, muita conversa, sentados lado a lado por toda a noite. Incrível como você está sempre sorrindo, um sorriso largo, daqueles que é bom de se ver. Um ligeiro acréscimo de peso, mas bonito e elegante como sempre, mantendo seu cavanhaque e com o cabelo farto ainda preto.

Quando tudo terminou, você se ofereceu para me levar até onde eu estava hospedada. Poderia ter segurado a minha mão, encostado no meu joelho, feito um carinho no meu braço ou no meu rosto, durante o trajeto ou quando o carro parou em frente à porta da casa e ainda ficamos conversando. Poderia ter me puxado gentilmente pelo pescoço e ter me dado um primeiro beijo no rosto e um segundo ou terceiro ou quantos mais quisesse, na boca. Mas, nada disso aconteceu. Encerramos a conversa, nos despedimos com um abraço e um beijo no rosto, saltei do carro, abri o portão, acenamos um para o outro e você se foi.

Após 25 anos de não encontros, nem triste fiquei. Ficou um gostinho de "ao menos nos vimos e ainda nos gostamos, de alguma forma". Com menos de cinquenta anos de idade, existe pouca preocupação com o que virá depois e quanto tempo haverá após o dia de hoje. E assim, me sentindo leve e com toda uma vida pela frente, vou adormecer, enquanto penso em você, sorrindo.

08 de maio de 1998

Conhece a música "Querelas do Brasil" que a Elis Regina cantava? É aquela composta por Maurício Tapajós e Aldir Blanc que diz:

O Brazil não conhece o Brasil
O Brasil nunca foi ao Brazil.

Você tem que conhecer, foi composta em 1978. Falo nela, porque preciso de ajuda. Se você estivesse por perto, seria, sem dúvida, a melhor ajuda que eu conseguiria para voltar ao Brasil. O avião chegou, meu corpo também, mas minha mente se perdeu em algum lugar distante, em outro continente, ou talvez no oceano o que seria pior, naufragada para sempre.

Tenho que resgatar essa criatura, fazer com que meu corpo não seja um simples espectro, que a alma reabite esta estrutura de ossos, órgãos, músculos, sangue etc. Preciso da sua ajuda, do seu guiar, de você me apresentar ao que não mais reconheço. Quero que você me leve a uma praia com mar manso e verde, que a gente se molhe nessa água de mãos dadas e que no fim do dia a gente ainda esteja na areia fina, conversando sobre minha reabilitação, como um alienado entrando numa clínica.

Penso sem parar na conexão que eu tinha: fundamental a lembrança de Chico Buarque, Gonzaguinha e Luiz Melodia que sempre estiveram no meu caminho. Gonzaguinha se foi, assim como o país que tanto me agradava. Em comum com eles, um ideal coletivo e o sofrimento perante a impossibilidade de atingi-lo.

Você não faz ideia de como gostaria de me sentir absorvida pelo que me rodeia, incorporada e novamente incluída naquilo que um dia deixei para trás. Estaria finalmente anexada, assimilada e em paz. Eu desejo essa harmonia, mas encontro desassossego. Alguém tem que conseguir me ajudar a aportar por aqui. Queria que fosse você!

19 de dezembro de 1999

Você não ouviu meu chamado, mas outro, sim. Me apaixonei perdidamente. Talvez seja a maior paixão da minha vida, até porque, com você, parece impossível.

Nos conhecemos num local de música, claro. Eu avisei que a música era perigosa e o balanço dos corpos mais ainda. Namoramos uns 5 dias e cada um foi para sua cidade: moramos quase 1.000 km distantes um do outro. Porém, prometemos nos ver em breve, no meio do caminho.

O arrebatamento foi crescendo, foi sendo nutrido por infindáveis conversas diárias ao celular ou numa "sala de chat" — será que se alguém ler esta carta algum dia, no futuro, terá ideia do que era isso e de que existiu? A promessa se cumpriu dois meses após nos conhecermos. Tomei um avião e cheguei ao hotel na véspera. Noite infernal! Alguém consegue dormir pensando que no dia seguinte estará, finalmente, diante da sua paixão? Tudo é insegurança, tudo é desassossego e só existem dúvidas.

Ele chegou na manhã seguinte, montado na sua verde moto. Fiquei olhando da janela enquanto tirava o capacete e sacudia seus cabelos cacheados. Lembrei que na noite em que o conheci, pensei na imagem de um anjinho barroco, justamente por causa dos cachinhos do seu cabelo castanho claro. Sinto muito, mas foi arrebatador. Foram três dias muito intensos. Será que é a isso que chamam de lua-de-mel?

Durante um ano e sete meses, nos falamos todos os dias. Em alguns deles, desligava correndo, colocava uma ou duas mudas de roupa numa mochila e partia, veloz, para o aeroporto, para embarcar no avião que mais rapidamente me levasse até ele. Assim que nos víamos no desembarque, os abraços e beijos não paravam mais. Não tínhamos fome, saíamos pouco, aproveitávamos todos os momentos possíveis. Por vezes, era apenas uma noite, ou um fim de semana. Uma única vez conseguimos ficar uma quinzena juntos!

Eu não entendi quando ele começou a repetidamente me fazer ouvir e a cantarolar "Sozinho", do Caetano Veloso. Achei que era apenas sua música preferida. E ele repetia, sem parar:

Às vezes no silêncio da noite
Eu fico imaginando nós dois
Eu fico ali sonhando acordado
Juntando o antes, o agora e o depois.

Por que você me deixa tão solto?
Por que você não cola em mim?
Tô me sentindo muito sozinho.

Tolamente, achei que aquela tinha se tornado nossa música-tema. Já era tarde demais quando finalmente entendi que era um "chamado". A minha maldita mania de jamais querer ser invasiva não me deixa perceber os limites entre necessidade e intrusão. Às vezes, um silêncio pode ser um pedido de ajuda, uma porta aberta para deixar o outro entrar. Acho que jamais vou aprender a distinguir. Se um dia eu fizer isso com você, por favor, me ajude, me recoloque no percurso que não permita que nos afastemos.

quero saber se você
Acho que foi
Faz tempo, descobri você
silêncio.
chegou ou chegará
pelo que não houve
seu silêncio que não houve
Antes mesmo de
quem sabe, talvez.
quero mais a única coisa
um novo silêncio.
Não quero lamentar pelo que não
continua existindo na mente.
como poderá ser um dia, quem
nada impossível. Só não
posso dizer... Antes mesmo de
como poderá ser um dia, quem sabe, talvez.

03 de março de 2000

Novo milênio, aqui estamos! O milênio nos traz novidades... primeiro, um novo desmanche de relação, aquela com o cabelinho cacheado da moto verde. Durou algo como 19 meses superintensos. Nos víamos ao menos uma vez por mês, mas cada uma delas valia por um tempo sem fim. Apenas em duas situações na vida — e muito mais jovem — havia vivido essa exuberância e essa energia.

Porém, o cabelinho cacheado resolveu me colocar contra as cordas, como numa luta de boxe. Insistiu numa definição de vida. Para mim, a demarcação das nossas vidas em comum já estava lá, visível. Algo como "se somos ótimos juntos do jeito que estamos, para quê mudar?". Mas, como bom "anjo barroco", ele trouxe, na sua essência, contrastes marcantes entre o que eu pensava e o que ele queria. Momentos diferentes de vida fizeram com que ele partisse para outras buscas que não me incluíam.

Nesses momentos, penso demais em você. A vida poderia nos regalar um momento de encontro e não de caminhos divergentes? Mas, como sempre, não tem sido assim!

ove, that is flesh
nd spirit
the choir of lives
ove, that is blood within the veins of time;
haping the breadth of sea, the le
nd with the pulse
life and death,
hrough day and night
hrough silence and through s
death
ove, that sounds loud or light
of tears,
ove, that is root and fruit
ove,
ove,
he whole world's wrath and strength
dead;
ove,
sorrow shall not
save;
ve,
strong that heaven,
ould turn to
unflowe ing hell;
sweet that hell, could love be given,
splendid and sonoro s heaven;
ve that is fire
lovely though s and muc
desire
the life of t ars and fire;
lifele s life of night.
soul smote soul
love led love
what then?
love
years whe
and pale,
to wa der
st y and so g and glor
usical s ft memories,
the emembranc
eir stories i
dead bl
es, the
rembr
cious e rts
ake their hone
aith that lives
grief?
n night
der hours
ger and thirst
summer fire and heat
short-lived things
long,
thought remake
sweet shining signs
changeless cha

09 de dezembro de 2021

É isso mesmo! Mais de 21 anos sem escrever para você. É necessário, então, retomar de onde parei, duas décadas atrás, para você entender o que se passou.

Três meses após o dolorido rompimento com cachinhos no cabelo, conheci o amor da minha vida. Poderia ter sido você, mas foi outro. Após vinte anos de vida próxima a esse amor, leio a notícia que não se quer ler: cabelinho cacheado não mais existe, o Covid-19 o levou em menos de uma semana. Também fico sabendo que se casou novamente, teve um terceiro filho, engordou, alimentando uma enorme barriga. Talvez fosse essa a vida que ele quisesse... não mais importa, ele se foi.

Eu desejava tanto poder voltar a conversar com ele... um dia. Sempre achei que isso seria possível. Nessa conversa, eu conseguiria entender melhor o que aconteceu entre nós e o que nos afastou. Engraçado, a mesma conversa que um dia eu gostaria de ter com você. Com ele, é irreal, jamais ocorrerá. Com você, acho que será incerta, ou talvez, improvável.

Com o amor da minha vida, teve de tudo: existência longa, repleta de tudo de bom e de ruim. Acho que não quero falar muito com você sobre isso. Estou na fase de não revigorar situações de dor. Para dar um fecho a essa história, basta eu dizer a você que ele também não existe mais: nem na minha vida, nem na dele. A morte aconteceu.

Então, é isso. Entre ausências e saudades, você não tornou possível transformar o que poderíamos ter, nem na paixão da minha vida, nem no amor da minha existência, até o momento. Não sei se teremos oportunidades e tempo para mudar esse percurso.

Chico Buarque retornou à minha mente e ao meu coração para descrever, na sua música "Bastidores", este momento:

Chorei, chorei até ter dó de mim (...)

Não quero detalhar mais, como deve ser nessas situações. Sim, você veio à minha mente em diferentes ocasiões, de forma muito serena. Acho que vivi tempos de remanso e quietação. Assim, o melhor mesmo foi deixar você no passado, inerte, adormecido.

Até agora...

zem de conta,
oráculo,
entre os ideogramas do
ara da minha vida
faço agora. As três
ompidas, dependendo do que pretendem simbolizar. São duas polaridades, iguais a nós dois. Porém, a se
a qualidade se torna mais intensa, ela tende a se mover
direção à outra que lhe é oposta. Aqui
consigo notar

17 de agosto de 2022

Na noite passada, você retornou aos meus sonhos pela segunda vez na vida. Como da primeira e única vez anterior, estávamos em Londres. Que coisa estranha, novamente na mesma cidade, em outro continente. Era um domingo de verão, um daqueles poucos onde pode-se vestir uma calça branca e uma blusa de mangas curtas, sem esquecer de levar o casaco na bolsa, é claro. Talvez até um guarda-chuva, para não ser surpreendido por uma virada no tempo, bastante comum.

Eu havia passado a manhã me arrumando para sair de casa e pensando no que realmente eu gostaria de fazer num dia bonito. Decidi que queria ver gente andando na rua, naquele frenesi de Londres no verão, invadida pelas hordas de turistas. Em poucos meses, eu passaria tantos dias curtos, com menos sol e luz, no frio e trancada em casa, que pensei que o agito turístico daquela época não me incomodaria.

Escolhi, então, me dirigir ao Soho. A melhor estação de metrô para mim, para desembarque na região, seria Piccadilly Circus. A partir de lá, infinitas possibilidades se abririam no dia ensolarado. Além de caminhar a esmo entre as milhares de pessoas, eu tinha que decidir o que comer e onde, porque a fome chegaria. Soho é conhecido pelos inúmeros restaurantes asiáticos e salivei... seria uma excelente opção.

Já no metrô, pensei em mudar um pouco os planos. Em sonhos, é assim, tudo se modifica em segundos. Decidi prolongar a viagem até a estação seguinte — Leicester Square — que eu achava estar implantada em local mais simpático para retornar ao mundo da superfície. Foi o que fiz.

Desci do vagão e caminhei para a escada rolante que me levaria ao exterior. São inacreditáveis 60 metros de percurso! Fiquei olhando ao redor, quem descia e quem subia apressadamente. Então, vendo que me aproximava do topo, voltei meu corpo e meu olhar para a frente. Primeiro, vi o chão da estação, depois, algumas pernas. Finalmente, os corpos foram crescendo até ver, por inteiro, aqueles que estavam parados, aguardando alguém chegar. Foi quando, aos poucos, das pernas até a cabeça, cheguei aos seus olhos me mirando. Jamais esquecerei a cena, pois era tudo o que eu queria ter vivido, não em sonho, mas na realidade.

Eu subindo, você crescendo e nossos sorrisos se alargando. Foi assim que cheguei ao mesmo nível que você, dei vários passos em sua direção e nos abraçamos demoradamente. Deu tempo de eu repousar a cabeça no seu ombro enquanto o abraço não se desfazia. Que sensação mais incrível, indescritível, até mesmo mágica, eu diria!

Foi no meio desse deslumbramento que eu acordei. Cerrei os olhos rapidamente, na tentativa de que o encantamento continuasse, que eu retornasse ao momento tão intensamente sentido e que o devaneio não findasse.

Porém, não é assim que sucede com a maioria dos sonhos: o retorno é impossível. Permaneci, porém, com os olhos fechados, tentando reter as imagens que havia fantasiado. Ao menos por um tempo, numa outra dimensão, estivemos juntos e enlaçados um ao outro.

When you are old,
your golden face, is
gray —
I think whate'er the end,
Comforting you,

Dear Heart, it shall be so.
Love shall still tend you,
When you are old.

What is to come we know not. we know
That what has been was good
the days that were;
We have lived, we have loved, we have suffered.
Life was our friend.
What is to come?

though we may not share
What is to come.

28 de maio de 2023

Nesta data, completamos 25 anos sem reencontros. Fiquei incrédula quando, exatamente neste dia, fiz as contas e percebi que um tempo equivalente a uma vida jovem passou ao largo.

Eu me vi no espelho e percebi os detalhes que transformaram meu rosto desde a última fotografia que temos juntos, lado a lado. Permaneci um largo tempo olhando para ela, nos fitando. Por felicidade, não tenho rugas, mas os cabelos começaram a embranquecer e assim continuam a uma velocidade perceptível. Os olhos não são mais os mesmos, diminuíram de tamanho, enquanto a pele ao seu redor cresceu. Aliás, a pele... quanta transformação, pelo corpo todo!

Pois é, acho que o que mais me incomoda é o quanto os olhos mostram a passagem do tempo. Eles que enxergaram tudo o que ocorreu, também são os que atestam que não somos mais os mesmos. Basta mirar nos olhos! Se uma fotografia fosse tirada apenas deles, seria suficiente para que o transcurso do tempo fosse totalmente perceptível.

Por sorte ou devido à genética, meus traços permanecem com alguma fidelidade ao que já fui.

Acho que, mesmo com a velhice tomando conta de mim, ainda dá para me reconhecer. Ao menos, é o que dizem aqueles que me reencontram pela vida.

Foi pensando nisso tudo que uma reflexão terrível atravessou minha mente: se cruzássemos um com o outro numa calçada qualquer, ou se eu entrasse numa loja ou num restaurante onde você estivesse, eu o reconheceria após mais de duas décadas? Isso pode de fato já ter ocorrido, num saguão de aeroporto qualquer, por exemplo. Assustador!

Não tenho a mais remota noção de como foi o processo físico que você enfrentou com o avanço da idade. Penso naquele farto cabelo negro ondulado e o que estará no seu lugar? Lembro do cavanhaque preto e talvez você não cultive mais pelos no rosto. E se você nutriu uma barriga? Se perdeu aquele porte altivo e se curvou pesadamente?

Essas ideias e imagens me apavoraram. Não poder reconhecê-lo me amedrontou. Quando se fala nos ganhos que nossa geração teve, ultrapassando desafios com novidades e conhecimentos contemporâneos, quando grande parte de nós se negou a parar e continuou muito ativa, acho que ninguém mencionou o problema do não reconhecimento do qual estou falando. Descobrimos e identificamos aquilo que é novo, mas e o que já está antigo e desgastado? Saberemos identificar as pessoas que nos foram importantes se não acompanharmos sua transmutação, assim como acompanhamos os avanços tecnológicos e as transformações por eles introduzidas, por exemplo?

Como jamais deixo o medo se apossar de mim, fiz a única coisa possível: procurei uma imagem sua na internet. Gastei dias, pesquisando de todas as formas. Cheguei a perguntar ao mecanismo de busca se você teria morrido. Nada... Foi impossível encontrar uma pista sequer. Fiz, então, a segunda coisa que me restava fazer nessa situação. Peguei uma boa foto sua, a fotografei com meu celular, dei um *zoom* no seu rosto e usei um editor de imagem para melhorar a qualidade ao máximo possível. O produto final foi guardado em um arquivo especial da minha galeria de fotos.

Assim, além de olhar para o rosto que conheci, com a frequência que eu desejar, posso, a qualquer momento, usar essa referência e comparar com alguém que passe por mim em algum lugar e eu ache minimamente parecido com você. Loucura? Cheguei mesmo a pensar que posso segurar o braço desse homem desconhecido, mostrar a foto e perguntar: "por acaso é você?".

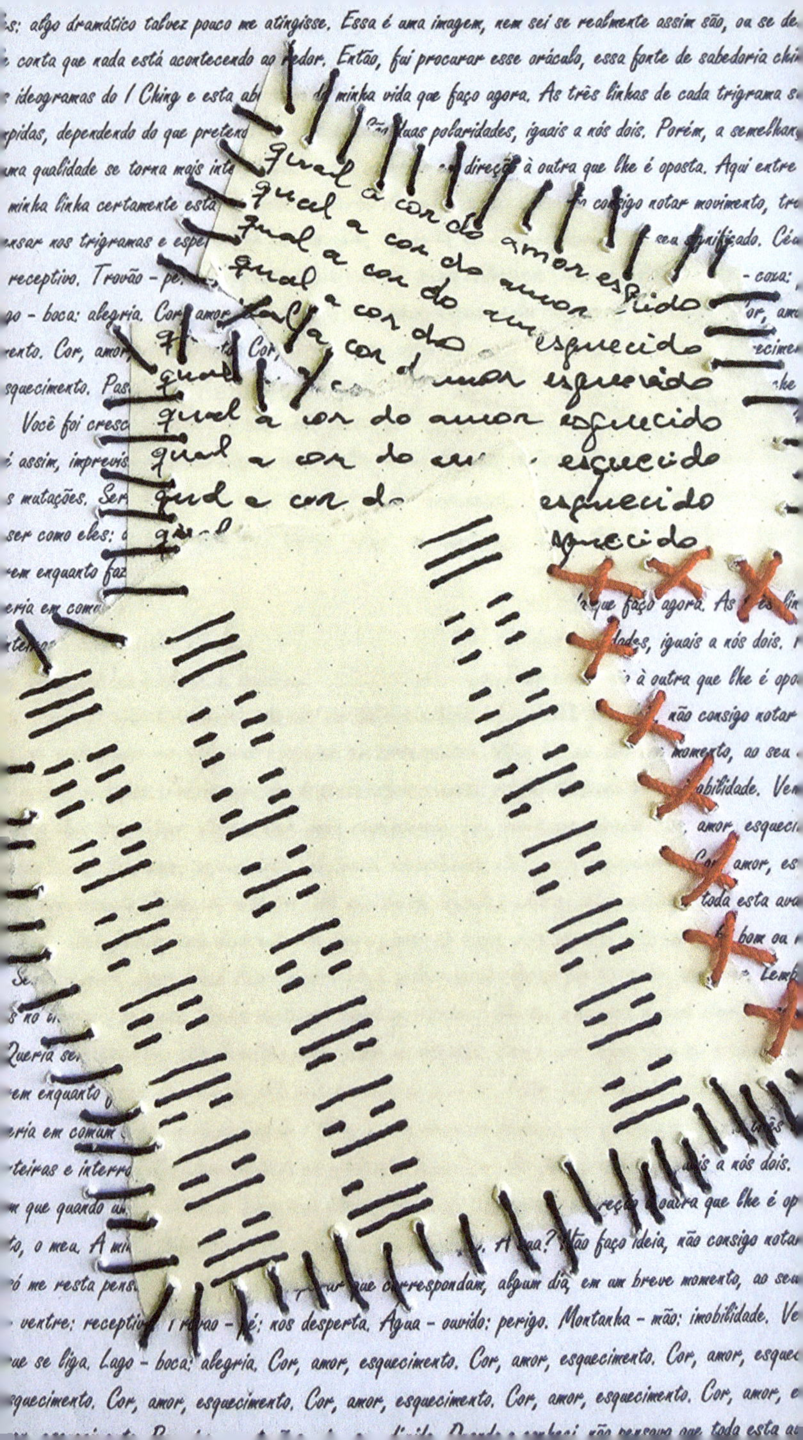

qual a cor do amor esquecido
qual a cor do amor esquecido
qual a cor do amor esquecido
qual a cor do amor esquecido
qual a cor do amor esquecido
qual a cor do amor esquecido
qual a cor do amor esquecido
s: algo dramático talvez pouco me atingisse. Essa é uma imagem, nem sei se realmente assim são, ou se de
conta que nada está acontecendo ao redor. Então, fui procurar esse oráculo, essa fonte de sabedoria chi
ideogramas do I Ching e esta
minha vida que faço agora. As três linhas de cada trigrama s
duas polaridades, iguais a nós dois. Porém, a semelhan
direção à outra que lhe é oposta. Aqui entre
ventre: receptivo.
nos desperta. Água - ouvido: perigo. Montanha - mão: imobilidade. Ve
que se liga. Lago - boca: alegria. Cor, amor, esquecimento. Cor, amor, esquecimento. Cor, amor, esque
esquecimento. Cor, amor, esquecimento. Cor, amor, esquecimento. Cor, amor, esquecimento. Cor, amor, e

18 de setembro de 2023

Até um ano atrás, as noites eram o pior momento a enfrentar nas 24 horas diárias. Creio que isso ocorre com muita gente. As atividades são interrompidas, o ritmo diminui, a cabeça é invadida por recordações incômodas de quem viveu o que não gostaria de ter sentido e experimentado nos últimos tempos. É quando os pensamentos mais sombrios nos envolvem, quando lembramos das dificuldades, das perdas, daquilo que nos faz falta e dos impasses que teremos que enfrentar no novo dia. É quando mais intensamente lembro de você.

Acho que temos dificuldade em dormir justamente para adiar a chegada do dia que virá, onde tudo recomeça. Adiamento impossível e adentramos o período seguinte ainda mais exauridos.

O ciclo se rompeu, quando resolvi que a vida poderia trazer uma atividade noturna com prazer. Sempre gostei da noite, é quando me conecto com outras existências, outras histórias. É quando escrevo e me sinto plena. É o momento dos sons da mata que me cerca e da música. É a viagem que o período diurno não permitiu!

A busca da noite que traria satisfação me levou à dança, mais precisamente às *swing dances* porque o *jazz* sempre habitou meus momentos mais tristes, porém também os mais prazerosos.

Foi quando o problema se inverteu: passei a ter noites excelentes, cheias de vida, com gente interessante, com movimentos dos corpos, com energia e músicas lindas. As noites ficaram sem a sua "ausência-presente", o que foi um enorme alívio.

Já as manhãs, se transformaram numa trombada com a realidade. Charles Bukowski bem definiu em seu livro "*What Matters Most is How Well You Walk Through the Fire*" — "O Que Mais Importa é Quão Bem Você Anda Através do Fogo":

> *I remember awakening one morning and finding everything smeared with the color of forgotten love.*
>
> *Lembro de acordar uma manhã e encontrar tudo manchado com a cor do amor esquecido.*

Impossível não sair chamuscado quando se atravessa o amor. Se quem tivesse esquecido o amor fosse eu, tudo estaria resolvido, tanto nas noites, quanto nas manhãs. Uma vez esquecida por você, as manchas e as manhãs pesam. Trocar o dia pela noite pouco adiantou, apenas dormi melhor.

Passei a acordar lentamente, permanecendo longo tempo com os olhos cerrados. Depois, a segunda etapa passou à fase de abrir os olhos, mas me manter inerte na cama. Essa é a parte mais longa do acordar-lento. Os pensamentos começam a gotejar, aos poucos. Por vezes, um sonho retorna e fico tentando retomar suas cenas e significados, nem sempre de forma bem-sucedida. Porém, é aí que invariavelmente surge você.

Um dia, procurei ouvir uma música na tentativa de afastá-lo um pouco. Foi quando me deparei com uma *live* — como se diz atualmente — de um poeta que faz uma programação que só poderia atrair minha atenção: "Manhãs Horríveis com Coiote Flores". Impossível encontrar nome mais apropriado e com o qual eu me identificasse.

Ele me faz recordar os Existencialistas por sua imersão na realidade na qual vive, no seu entorno, na incompreensão existente sobre sua forma de ser, no seu flerte com a morte, pela menção a seus amores e a suas angústias. Ele vai fundo na exposição, sem barreiras, da sua subjetividade e da sua existência. Ele me recorda os Existencialistas porque sofre ao buscar a liberdade sem pré-condições. Não sou conhecedora de filosofia a tal ponto, mas arrisco essa descrição de Coiote, porque ele me traz à memória alguns exemplos caros dessa corrente. Sei que estou pisando em terreno muito acidentado, entrando em setores sobre os quais tenho parco conhecimento e, sobretudo, falando de uma pessoa que mal conheço, mas que me atrai pelo seu lado "*noir*".

Me pergunto a razão de seu pseudônimo e penso na sua vivência solitária. Li que o coiote é considerado mais gracioso do que os lobos, além de ser um personagem de desenho animado (descrição talvez muito distante do Coiote em questão). Também li que um dos predadores dos coiotes é justamente os seres humanos e aí volto a pensar que isso faz muito sentido. Um dia talvez me atreva a perguntar os motivos da escolha do seu nome.

Coiote, nessa micro programação espontânea, fala sobre assuntos que estão na sua mente, diz alguns de seus versos, dedilha um rock ao violão, canta, fuma um cigarro, tudo ao mesmo tempo, na velocidade típica das mentes inquietas e super ativas. O fôlego de Coiote me remete à sofreguidão da geração *beat*. Fico imaginando que Coiote decide no ímpeto o quê e como vai fazer, sem muito elaborar, deixando fluir, num estilo Kerouac de ser. Também lembrei instantaneamente do título do livro de Françoise Sagan — Bonjour Tristesse —, numa conexão bem apropriada com o nome da sua programação ao vivo e com o meu próprio acordar.

As manhãs se caracterizam por esquecer as presenças contidas nos sonhos noturnos, readquirir a consciência das ausências que vão me acompanhar naquele dia, me permitir levar um tempo enorme para que os olhos se abram e a mente comece a funcionar "*devagar devagarinho*" — como diria Martinho da Vila —, pensar na pior rotina que é justamente higiene-desjejum-limpeza-arrumação-da-cama, intuir brevemente alguma programação para o dia e, num esforço físico e mental, sair da cama.

Assim, por vezes, vejo e ouço Coiote enquanto o processo se desenvolve para a mente funcionar e constato que, afinal, minha manhã não será impossível ou horrível, será tão somente difícil.

04 de fevereiro de 2024

Desta vez, senti vontade de colocar um título nesta carta. Como se fosse um preâmbulo antes de entrar no assunto sobre o qual quero falar, além de deixá-lo curioso. O título é:

Rita Lee e uma viagem de 49 anos e um mês

Lembra do pedido de socorro que fiz em maio de 1998? Pois bem, acho que cheguei ao meu lugar... Meu querido, hoje é um dia especial! Acabo de retornar de um show, ou festa, ou o que seja, tributo a Rita Lee, incapaz de deixar alguém não contagiado pela ruiva do Rock n'Roll brasileiro. Claro, todos nós que lá estávamos, já éramos dominados pela energia, inteligência, poesia e musicalidade da diva que nos deixou muito cedo, no ano passado, aos 75 anos. A Orquestra Imperial que tocou Rita, no Circo Voador, na Lapa, no Rio de Janeiro, promoveu um fluxo de sentimentos, de alegrias, de saudades, enfim, de emoções. Para cantar a paulistana, também irrompeu no palco aquela "garota carioca suingue sangue bom", outra divina, a Fernanda Abreu. A festa ficou completa!

Porém, para mim, o evento promoveu muito, mas muito mais. Ele finalizou um movimento, uma viagem que se iniciou precisamente há 49 anos e 30 dias atrás. Da minha saída da cidade de São Paulo, sozinha, a bordo de um Chevette, senti que finalmente cheguei hoje ao Rio de Janeiro.

Como você sabe, eu havia me formado engenheira pouco mais de um ano antes, quando decidi, impulsionada por amigos variados e um namorado (apesar de você!), iniciar a jornada que iria mudar a minha vida. Um círculo de colegas engenheiros formados na mesma faculdade, foi, em levas, mudando para o Rio de Janeiro, iniciando a nossa trajetória na vida acadêmica, começando pelo mestrado.

Esse já é, por si só, um percurso diferente daquele esperado dos formandos na área. O mais óbvio era a integração a uma empreiteira, a um organismo público ou coisa parecida. Já escrevi para você sobre isso, no passado...

Ao ingressar no mestrado, e posteriormente no doutorado, fui entendendo a beleza das descobertas que sobrevém das análises de qualquer situação. Descobri minha vocação de pesquisadora. Para essa mulher-pesquisadora que me tornei, nada deve ser olhado de forma superficial. Desenvolvi a observação mais detalhada e cuidadosa até mesmo das coisas do cotidiano. Menciono tudo isso porque, afinal, você sabe tão pouco de mim, do que vivi, do que me tornei...

Foi assim que, alguns dias atrás, pude rever e observar um conjunto de colegas, contemporâneos. Tive a sensação de que vivemos em planetas diferentes. Porém, justamente nesse momento, retorno meu pensamento à viagem iniciada tanto tempo atrás. Sempre me senti um pouco alienígena no Rio de Janeiro, cidade que escolhi para morar.

Hoje, no entanto, no ambiente do Circo Voador, ao cantar e dançar a música maravilhosa produzida pela paulistana Rita, compreendi que a grande diferença que existe, entre mim e aqueles que dividiram comigo uma mesma época, reside naquilo que o Rio de Janeiro me proporcionou. Ao ouvir o som de Rita e olhar a alegria ao meu redor, percebi o quanto esta cidade liberou o que certamente já existia dentro de mim, de alguma forma, e permitiu que eu tivesse uma vida infinitamente mais rica do que muitos dos que deixei para trás, na vida.

Assim, nesta noite, desembarquei de alma no Rio, porque de corpo já o havia feito. Mais em paz e feliz, graças à Rita e ao Rio, concluí a viagem que durou mais de 49 anos.

22 de março de 2024

Esta talvez seja a mais curta de todas as cartas que escrevi para você, pois é a última. Nada resta a dizer. Ou melhor, só relembrar o que já disseram alguns, como o famoso Chico em "Desencontro":

Sobrou desse nosso desencontro
Um conto de amor
Sem ponto final.

Eu desejo muito um ponto inicial, intermediário, até mesmo final, qualquer que seja! Não importa! Assim, viria a calmaria. Tudo que é inconcluso causa inquietação. Quero você, mas quero a paz também. Como diriam os Titãs — Antunes, Fromer e Bellotto:

O pulso ainda pulsa
E o corpo ainda é pouco.

E para lembrar a última música destas cartas, aquela que eu desejaria dançar com você, em qualquer lugar, a qualquer hora, aquela que me tornaria imensamente feliz nos seus braços — "*Dance Me to the End of Love*", de Leonard Cohen:

Dance me very tenderly and dance me very long
We're both of us beneath our love, we're
both of us above
Dance me to the end of love
Dance me to the end of love.

Dance comigo gentilmente e por longo tempo
Nós dois estamos sob nosso amor, nós dois
estamos acima dele
Dance comigo até o fim do amor
Dance comigo até o fim do amor.

Se você ainda estiver vivo — pulsando, com vida, não apenas respirando e vendo o tempo passar, se não tiver tirado férias de si mesmo — me telefona ou toca a campainha da minha casa. Estou esperando por você... Sempre!

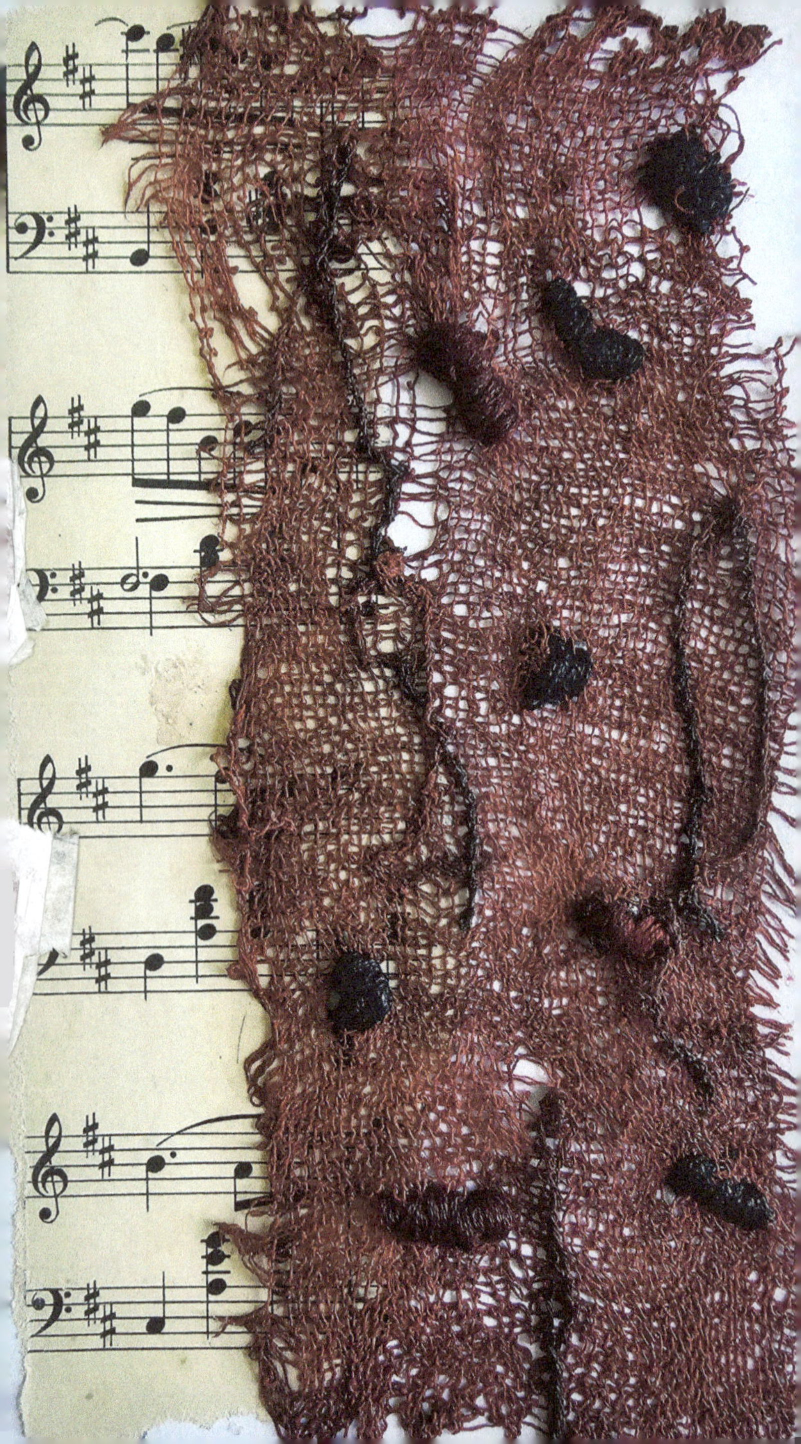

Epílogo

Esta não é uma carta, mas sim uma reflexão ao reler tudo o que vivi, aquilo que não vivenciei e o que escrevi ao longo de tantos anos. Ainda quero carregar a liberdade das paixões e dos sonhos, de todos os tipos. Não quero dor, já tive bastante. Não quero ser submissa ao sentimento do outro, ou à ausência de emoção. Eu queria que me mostrasse a sua alma, mas você parece impenetrável. Não quero cultuar uma sensação que parece incurável, que me faz sentir como se eu estivesse à deriva. Quero desistir de resistir. Medito a respeito, ao som da música "Gente Aberta, de Erasmo Carlos e Roberto Carlos, uma perfeita conclusão:

Eu não quero mais conversa
Com quem não tem amor
Gente certa é gente aberta
Se o amor me chamar
Eu vou

Para outro lugar...

1ª edição	novembro 2024
impressão	meta
papel miolo	offset 90g/m^2
papel capa	cartão supremo 300g/m^2
tipografia	abril